雁过留声

陆云飞 著

东南大学出版社
SOUTHEAST UNIVERSITY PRESS
南京 · 2022

内容提要

本诗集共收集诗篇一百多首，词篇五十多首。诗歌内容主要包括：（一）生动描写了抗击新冠肺炎疫情过程中抗疫英雄的一些可歌可泣的光辉事迹，歌颂了全国人民团结一致，众志成城，一方有难、八方支援的爱国情怀；（二）游览风景名胜后，抒发了对祖国大好河山的无限热爱之情；（三）凭吊历史古迹后，讴歌了祖国光辉灿烂的文化和千古江山的辉煌历史；（四）抒发了晚年崇拜自然，热爱花草，游山玩水，常与老友聚会的快乐心情；（五）回忆往昔，赞美了家乡山山水水、一草一木，赞美了家乡面貌的改变和喜获丰收的年景。

图书在版编目（CIP）数据

雁过留声 / 陆云飞著．—南京：东南大学出版社，2022.10

ISBN 978-7-5766-0308-8

Ⅰ．①雁…　Ⅱ．①陆…　Ⅲ．①诗集－中国－当代　Ⅳ．①I227

中国版本图书馆 CIP 数据核字（2022）第 209918 号

责任编辑：陈　跃　　**封面设计：**顾晓阳　　**责任印制：**周荣虎

雁过留声

Yanguo Liusheng

著　　者：陆云飞
出版发行：东南大学出版社
社　　址：南京市四牌楼 2 号　**邮　　编：**210096　**电　　话：**025-83793330
网　　址：http://www.seupress.com
电子邮件：press@seupress.com
经　　销：全国各地新华书店
印　　刷：南京玉河印刷厂
开　　本：700 mm × 1000 mm　1/16
印　　张：12.5
字　　数：180千
版　　次：2022年10月第 1 版
印　　次：2022年10月第 1 次印刷
书　　号：ISBN 978-7-5766-0308-8
定　　价：80.00元

本社图书若有印装质量问题，请直接与营销部联系。电话（传真）：025-83791830

读陆云飞新诗集

（代序）

张立则

为什么说是云飞新诗集？在此之前，江苏文艺出版社于 2020 年 5 月出版过云飞的诗集《沧桑人生》，本诗集是他的第二本诗集。晚年的云飞诗兴大发,就在这两年多时间内，第二本诗集就将付梓出版了，可敬可贺。

常言道：雁过留声，人过留名。人留什么名？不是高官之名，不是巨富之名，而是思想火花、精彩文字。屈原的《离骚》，李白、杜甫的诗篇，唐宋八大家的文章，流传千古。他们的名气比帝王将相更大，名声比高官巨贾流传更广。用诗词形式记录历史、传递思想、表达感情，弘扬民族气节，是中华民族文人的责任、历史的传统。中华几千年历史中无数文人留下的诗词歌赋是伟大的，经史子集是浩瀚的，这些都是中华民族文化的重要组成部分。

人的一生应该留给后代的是什么？最重要的不是金银财宝，不是银行存款，不是房屋地产，而是哲学思想、高尚家风、自己的著作和值得收藏的书籍。林则徐有几句话值得我们老人记取，他说："子孙若如我，留钱做什么？贤而多财，则损其志；子孙不如我，留钱做什么？愚而多财，益增其过。"这些话对于我们这些老人来说，非常有教益。云飞同志多年来孜孜不倦、勤勤恳恳为党工作、为民奋斗，奉献之大无法用数字来衡量，到了晚年，静下心来写诗作文，把自己的健康思想、聪明才智、深厚亲情、博大胸怀用诗词抒发出来，留给后人，实在是明智之举！

云飞这本新诗集，内容丰富，情感真挚，艺术性也很高。

他紧跟时代，俯瞰社会。新冠肺炎疫情暴发后，许多白衣战士舍小家为大家，勇敢地奔赴第一线抗疫救民。云飞对他们的这种奉献精神非常敬佩，写出了《医生的楷模》《十五元宵夜》和《兄弟情》等诗篇，诗中有“救死扶伤为天职，面对危难敢承担”。词《清平乐·赞义举》中有“封城武汉，防止疫扩散。群友次子心忧患，声援捐银五万”，真实地描绘了社会状况。

歌颂改革开放在云飞新诗集中占的比例很大。他在《游深圳感怀》中吟道：“春风吹醒中国梦，渔村一朝变新城。改革之路指迷津，莲花山上拜小平。”

我们都是八十多岁的人了，更盼望海峡两岸早日统一。云飞在《春节红》中写道：“问苍天，待何时？祖国山河一片红。”在词《临江仙·游厦门感怀》中写道：“日光岩上望台湾，茫茫隔两岸，统一在何年？”这些都反映了我们老一代人的心声。

云飞生在宿迁，但在南京生活、奋斗了五十多年，与南京的山山水水结下了深厚的感情，这本诗集中写南京、颂南京的诗篇很多。如《南京的山水（一）》中“苍莽钟山卧巨龙，灵秀栖霞红满山”，《海棠花》中“春光艳丽莫愁湖，满园绽放花色秀”，还有《一条长江路半部南京史》《内桥怀古》《江宁九龙湖》等诗篇，都反映了诗人对南京的了解，以及对南京的热爱和深厚的感情。

不忘历史，奋发振兴。《静海寺的历史风云》中写道：“静海寺内订条约，割让香港又赔银。……中国唯有铸军威，方能卫国保太平。”

人老了，经历多了，人生感悟更多。《笑谈人生》中：“人生如戏一场梦，演绎四季景不同。……看惯风花与雪月，尝尽艰难与苦痛。”词《诉衷情·忆往昔》中：“少年强，求知增智，寻找未来，一路跟党。”

过去在岗时，工作忙，为国家建设奋斗不息，现在云飞退休后，清闲了，时常和老伴出去游览观光，看遍了祖国大好河山，更增加了爱党爱国之情。这方面的诗词占的比重更大，这里就不一一列举了。你如果读完他的这本新诗集，就等于跟他游尽了长江南北、大河上下、境内境外，心旷神怡，其乐融融！

诗词文章的产生及其社会影响，都与社会环境、个人阅历、思想情怀有一定的关系。云飞生于淮海大地、霸王之乡，大学毕业后一直工作生活在“江南佳丽地，金陵帝王州”。受到这样大环境的熏陶和美丽山河的感染，再加上丰富的人生阅历，特别是长年笔耕不辍，到了晚年诗词喷涌而出。云飞的这些诗词，记录了历史，反映了现实，抒发了诗人关心社会、热爱生活的高尚情操。云飞此前在江苏凤凰文艺出版社已出版了诗集《沧桑人生》，现在又一本新诗集问世，令人敬佩。读了感受颇多。在读云飞这本新诗集时，我深深感到，其中既有黄钟大吕之音，也不乏洞箫牧笛之声，所以我爱不释手，受益匪浅。

要真正读懂一首诗、一篇文章，必须做到对这首诗、这篇文章的创作时代和社会背景有所了解，知道作者的家庭出身和社会经历。云飞兄虽然青少年时代生活在农村，但大学毕业后一直生活在南京这样的大都市，他学的虽是生物专业，但工作以后干过宣传新闻、干过经济管理和部门领导。退休后又寄情山水，坚持读书，不停旅游，又善于思考，从事诗词创作、抒情言志。他这本诗集感情满满、内容丰富、文采上乘，非常值得一读！

写诗作文，既不必追求成为李白那样毫无顾忌、放荡不羁的诗仙，也不必成为杜甫那样严格追求格律平仄、非常拘谨的诗圣。诗人如能唱出“君不见黄河之水天上来，奔流到海不复回”和陈子昂的“前不见古人，后不见来者。念天地之悠悠，独怆然而涕下”这样语言奔放，具有感染力和心胸开阔、豪放的诗词当然很好，如能像杜甫那样坚持严格地追求押韵、平仄、对仗，坚持字斟句酌当然也很必要。但我认为，写诗作文的核心是言志抒情，把自己想说要说的话说清楚，要表达的思想感情表达出来，让人听得懂、受启发、被感动的诗文就是好诗、就是好文！

作为文人，关键的是要改革创新，切忌雕琢模仿，每一篇文章、每一首诗必须是自己的才有价值。国学大师陈寅恪说，他在大学上课时坚持“三不讲”：“书上有的不讲，别人讲过的不讲，自己讲过的不讲。”所以他的每堂课教室内都济济一堂。写诗作文更应该如此。每首诗词、每篇文章都必须是自己的，没有任何模仿别人的痕迹。云飞的这本诗集就体现了这一点。他的这种治学精神是当前文艺界、学术界难能可贵的，更值得点赞。

2021年5月18日于南京稻香居

目录

医生的楷模

中年医师张继先，慧眼识破新肺炎。
眼看蔓延无阻挡，心忧万民难入眠。
天大疫情速上报，中央决策封城垣。
救死扶伤为天职，面对危难敢承担。

十五元宵夜

十五之夜静悄悄，景区无人闹元宵。
眺望秦淮风光带，阴沉天空无月照。
万户闭门合家乐，无心出去寻欢笑。
街区管理严盘查，禁止聚友品佳肴。

兄弟情

封城牵动万人心，武汉疫情撼乾坤。
医护大军赴前线，救援物资拥入城。
一方有难八方援，神州一片兄弟情。
全民举起千钧棒，众志成城战瘟神。

保护野生动物

人与动物共天地，繁衍生息谋发展。
昔日猎杀鸟和兽，破坏平衡起祸端。
国人何时能醒悟？敬畏天地崇自然。
保护野生立国法，生态平衡方久安。

游深圳感怀

春风吹醒中国梦，渔村一朝变新城。
改革之路指迷津，莲花山上拜小平。
生态海滨红树林，鲜花怒放草如茵。
祖国山河披锦绣，好汉坡上看日升。

海南之旅

沧海明珠海南岛，热带风光无限好。
三亚海花美如画，潜水笑看珊瑚礁。
五指山下万泉河，奔腾不息流博鳌。
南山千年龙血树，长寿犹如松不老。
天涯海角何处寻？观音笑指海南岛。

那一年，那一天

西斜冷月挂山岗，鬼子扫荡进村庄。
丧心病狂杀无辜，多少孤儿去流浪。
冷落街头夜难眠，忍饥挨饿盼天亮。
那一年，那一天，来了一群蒋匪帮。
苛捐杂税刮民财，百姓怨恨国民党。
那一年，那一天，拿起枪杆夺政权。
北斗阑干春雷响，万民欢呼共产党。
翻身解放春日暖，风展红旗迎朝阳。

咏雪

寒冬腊月雪漫天，神州大地铺白毯。
候鸟南飞寻栖地，田鼠避寒洞中藏。
唯有梅花傲霜雪，临寒怒放独喧妍。
顶风冒雪子弟兵，巍然屹立守边关。

春节红

马路高挂红灯笼，除夕灯火红彤彤。
福字当头贴红联，招财进宝路路通。
厅堂点亮红烛光，烧香跪拜祭祖宗。
红白酒菜摆一桌，团圆佳节醉老翁。
问苍天，待何时？祖国山河一片红。

环岛游

尘封隔绝六十年，开禁有幸游台湾。
沧海薄云天高远，乘坐班机落桃园。
阿里山顶风光秀，环湖叠嶂日月潭。
垦丁沙滩观潮水，海疆万顷两重天。

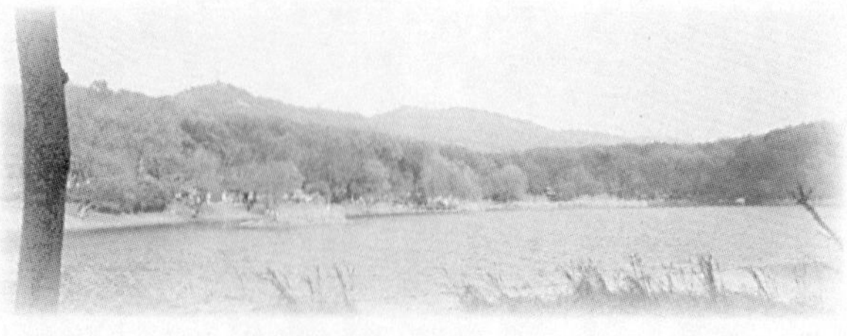

南京的山水（一）

春风杨柳艳阳天，南京坐落山水间。
苍莽钟山卧巨龙，灵秀栖霞红满山。
虎踞清凉守家园，禅意牛首佑江南。

南京的山水（二）

江河阑干水漫漫，孕育金陵千百年。
十里秦淮风流韵，疏江金川水清蓝。
滁河湿地润江浦，胭脂河水秦淮源。

南京的山水（三）

紫金山下玄武湖，千古长堤柳如烟。
河西潭水莫愁湖，凄美故事流民间。
青山绿水金牛湖，红尘世外一桃源。

文学之都誉满全球

虎踞龙蟠帝王城，六朝定都古金陵。
自古人文荟萃地，天下文枢在南京。
儒林外史红楼梦，诞生古城传美名。
文人圣贤留佳作，三千多首皆雄文。
南京本是一首诗，不妨吟唱抖精神。
秦淮旧事红尘梦，多少华章流千秋。
南唐后主小李煜，醉迷红楼吟佳句：
问君能有几多愁？恰似一江春水向东流。

游鸡鸣寺感怀

古寺坐落鸡笼山，历尽风雨千百年。
几经兴衰换朝代，至今香火仍不断。
虚幻佛祖在西天，岂能伸手保人间。
信仰自由任他去，全靠人为换新天。

静海寺的历史风云

滔滔江水向东流，一八四零起风云。
列强凭借洋枪炮，悍然闯进中华门。
静海寺内订条约，割让香港又赔银。
自古落后就挨打，弱肉强食遍丛林。
中国唯有铸军威，方能卫国保太平。

明月照我思故乡

明月普照万里疆，遥望嫦娥思故乡。
四海游子夜有梦，少小时光苦不堪。
青梅竹马情人泪，点点滴滴湿衣裳。
杨柳青青河边草，一草一木记心上。

海棠花

春光艳丽莫愁湖，满园绽放花色秀。
吟风抱月舞翩跹，湖边海棠映绿柳。
微波荡漾水蓝蓝，轻风细浪船幽幽。
游人漫步湖边走，观花赏景人长寿。

江南贡院兴衰史观

封建社会选官员，江南贡院开考场。
悠悠岁月八百载，走出进士达十万。
风流才子唐伯虎，水浒作者施耐庵。
治国安邦林则徐，晚清名臣曾国藩。
忠臣良将不胜举，科举文化曾灿烂。
只因墨守八股文，僵化思想多弊端。
惨淡仕途熬春秋，徒留白发度余年。

春暖江南

娇艳桃花正盛开，又见樱花露笑颜。
河边青青垂杨柳，田野隆隆耕春田。
金色菜花醉游人，黄遍绿野黄山川。
啼莺花间寻蜜蕊，飞燕啄泥觅河滩。
潇潇春雨滋万物，阵阵东风暖江南。

鸟巢

梧桐树上鸟巢多，
春暖喜鹊来寻窝。
树高枝叶挡风雨，
狂风吹来稳如垛。

无题（一）

留住青春，留住容颜，留住笑脸迎鼠年。
留住我爱，留住我想，留住幽梦日月长。
故乡水，故乡田，故乡草木记心间。
但愿天下有情人，不忘故乡月和云。

内桥怀古（一）

南唐明月照内桥，皇城南门通御道。
无情风雨摧玉树，城阙宫院成秋草。
秦淮河水映古桥，岁月沧桑换几朝。
御道今成中华路，周边高楼耸云霄。

童年幽梦

深夜忽梦童年事，少小读书遇小兰。
散学路上并肩走，明月暮晚捉迷玩。
天长日久生爱意，青梅竹马童子恋。
寒霜一夜花凋萎，有情无缘留遗憾。
人生在世路远长，天涯途中寻芳伴。

候鸟迁徙

深秋鸿雁飞南国，来年春风送雁归。
雄鹰万里寻栖地，燕子迢迢往家飞。
候鸟展翅翱蓝天，求生路遥无所畏。
亦有弱鸟被淘汰，适者生存势难违。

江宁九龙湖

清澈湖水起波澜，浪花闪闪撩人眼。
环湖杨柳垂翠眉，醉了游人忘归返。
一桥飞架九龙湖，过桥高楼入云天。
水景山庄多别墅，明月落在湖水间。

世外桃源金牛湖

六合东北群山中，一汪碧水平如镜。
山水相依天成趣，烟波浩渺景色新。
奇松异石遍山野，弯曲湖岸树成林。
环境优美栖候鸟，游船快艇湖中行。
少年时代朱元璋，山上放牛传至今。
古老传说多神话，抗日老区换新春。

为新中国七十我八十庆祝活动而作

坎坷人生八十年，新旧社会两重天。
中华七十光辉路，河山壮美换新颜。
金秋十月菊花美，祥龙聚会庆华诞。
欢声笑语抒情怀，今昔对比感万千。
民族复兴创大业，国不统一心不甘。

注：祥龙，诗中指生肖属龙的八十岁诞辰。

活着真好

活着真美好，欣闻愈者言。
新冠从天降，夺命过数千。
多少染毒者，治疗在医院。
受尽折磨苦，祈求度灾难。
虽无特效药，救死施百方。
天使舍命治，愈万回家园。
多少体弱者，难敌瘟疫狂。
合眼长眠去，安息在天堂。

金陵桂花香，喜迎宾客来。

石芹八十寿，老友齐喝彩。

为好友朱石芹八十大寿而作

再访稻香居

院内丹桂秋芬芳，累累果实挂满廊。
今日再访稻香居，邻家宠犬叫汪汪。
主人开门笑迎客，畅谈古今品酒香。
老来他乡遇知己，举杯千言诉衷肠。

满湖绿水风飘絮，芦苇荡里游湿地。
水草茂盛鱼肥美，红菱残荷鸡头米。

天长游（一）：红草湖湿地

天长游（二）：抗大八分校

将士演兵练刀枪，抗大八校在龙冈。
皖北抗日举烽火，全民练武保家乡。

秋风吟

秋风吹老秦淮河，一夜梧桐黄叶多。
金黄稻谷铺田野，隆隆机声振山河。
秋熟瓜果香千里，远销市场装满车。
待到秋尽冬藏时，豪饮狂吟秋风歌。

赏花

盆栽花草置阳台，
一花含笑一花开。
已是初春寒未尽，
长寿花蕊迎风寒。
晚年寄情山水花，
夜阑幽梦仙子来。

无题（二）

常在阳台坐半天，对着冬花欲吐言。
日暮花间高举觞，蓦然成了醉花仙。

春雨贵如酒

祖国山河披锦绣，春雨绵绵贵如酒。
醉了江湖水泱泱，醉了田野绿油油。
醉了碧草映春色，醉了桃花红枝头。
醉了鸿雁回北国，醉了今朝竞风流。

游滁州影视城看唐朝皇宫

步入皇宫看电影，贵妃醉酒舞翩跹。
玄宗贪色误朝政，马嵬坡前哭玉环。
看罢影视出皇宫，萧萧秋风摧叶残。
皇家一枕黄粱梦，东逝江水不复还。

冬月的原野

落叶林木已光杆，树上鸟窝少遮拦。
铺地麦苗无边际，只待瑞雪捂冬寒。
小河枯水已断流，湖中水浅鱼翻天。
农家小楼嵌绿野，残阳余晖日暮晚。

走访民居熙南里，优雅古风一宅第。
悠悠岁月二百年，明清建筑留遗迹。
立德持家孝为本，上友下恭不易矩。
文化艺术传佳话，民俗国粹有造诣。
甘家媳妇严凤英，蜚声梨园黄梅戏。

九十九间半甘家大院

枫彩漫城

隔江六合景非同，
遍野红玫似海容。
水草湖泊栖候鸟，
山冈枫彩待秋风。

注：日前，携手老伴随学校退休老师游览六合枫彩漫城。园内（搭乘观光车）林木葱郁，玫瑰花海，湿地芦苇，栈道泉湖……环顾四周，美不胜收。

咏孟夏

一夜南风吹，春归不再回。
桃李花凋落，杨柳阴下垂。
荷叶漂塘绿，六月吐红蕊。
冬麦已灌浆，稻秧插肥水。
风暖草木秀，雨夜听惊雷。
孟夏万物秀，只是春花萎。

四季花争妍

春风得意催花开，
桃花争艳开在先。
待到南风卷热浪，
夏日荷花竞娇颜。
秋风萧飒扫落叶，
东山枫叶红九天。
北风劲吹入严冬，
风雪寒梅花争妍。

迎朝阳

喷薄红日升东山，各地战疫捷报传。
多日浮云遮撇目，胜利曙光在眼前。

无题（三）

清晨散步河边走，常见少妇手牵狗。
杨柳青青情悠悠，见面微笑摆摆手。

友情

小满聚会稻香居，谷里梦都一小楼。
聊天打牌各尽兴，绿荫满院果未熟。
主人盛情敬美酒，举杯共饮话春秋。
眼看太阳已偏西，依依惜别情难收。

迎春蟹爪兰

我家阳台迎春来，蟹爪花在梅先开。
若问此花何如许？含笑红蕊吻冬寒。

无题（四）

庚子刮来一阵风，商店进门量体温。
离家出行戴口罩，卫生防疫必躬行。

送书

时间相隔一个月，再次相会六二零。
前月小院果未熟，今见桃子已收清。
石榴枣柿挂满树，只等秋收尝果新。
老伴陪我送诗书，小院夫妻喜迎门。

水患

庚子之夏多灾难，江南华南水泛滥。
风景漓江浪滔滔，大水溢堤冲两岸。
树倒房塌沉河底，水漫道路白一片。
洪水之中待救命，政府为民解忧患。

游西山古樟园

太湖西山古樟园，千年香樟遮蔽天。
丰姿不凡气恢宏，阅尽沧桑起宋元。
园内曲廊通幽境，苍松翠竹添景观。
欲穷江南吴越胜，邀君尽兴赏西山。

瞻仰禹王庙

古代太湖闹水灾，冲毁房舍与田园。
百姓流离无定所，饥寒交迫度荒年。
大禹率领众百姓，疏通河道治水泛。
风调雨顺民安定，禹王公德留人间。

游太湖石公山

三面环水石公山，奇石如翁栖渚烟。
沿湖山中归云洞，洞中观音壁上寒。
雨霁天蓝抬眼望，一线茫茫别有天。
亭台楼阁轩桥廊，错落有致布山间。
湖光山色入画屏，犹如青螺漂岸边。

游西山太湖

站在西山放眼看，
苍茫太湖起波澜。
湖中有山山外湖，
天外有天似无岸。
青山绿水栖候鸟，
成群海鸥闹湖面。
夕阳西下船回港，
日暮寻巢百鸟返。

民间端午节

中国传统端午节，家家门头插艾叶。
芦叶粽子香万里，龙舟号子唱不歇。
黄白美酒祛风寒，佩戴香包能避邪。
仰望天空数星辰，幸福不忘祭先烈。

端午节祭屈原

仲夏之时过端午，祭拜屈原当为主。
面对贵族恶势力，爱国无奈又受辱。
国破流亡绝望时，投江自尽以殉国。
汨罗江水日夜流，诗人楚辞垂千古。

仲夏吟

仲夏时节雷暴多，大雨如注漫江河。
满树金橘枝下垂，落英石榴红胜火。
沟湖蛙声鸣不停，水面浮萍花灼灼。
救人水火消防队，感恩百姓唱颂歌。

京杭运河桥万千，古桥遗存不多见。
水乡泽国姑苏城，几经风雨留遗产。
始建隋唐宝带桥，多孔石砌天下先。
月牙单孔石拱桥，风桥夜泊万古传。
运河风光水旖旎，名城古韵靓河山。

古老大运河姑苏唱古桥

运河颂

运河流淌千百年，灌溉两岸万亩田。
漕运物资达千里，工农贸易贯北南。
占尽地利东沿海，商贸流通促发展。
隋炀千里下扬州，为看琼花成笑谈。

咏石榴

老家门前石榴树，枝叶繁茂夏葳蕤。
每到东风送春去，绿叶丛中吐芳菲。
进入仲夏梅雨时，风吹落英满地飞。
中秋树上挂红果，嚼破粒皮尝甘味。

咏葵花

春种葵藿宅边绕，夏日黄花惹蜂闹。
唯有此花向日倾，独竖一枝显孤傲。
但恐萧瑟秋风吹，叶萎枝枯花已凋。
欲赏金花待来年，明年新葵花更好。

荷花颂

七月荷花已盛开，绿波水面仙子来。
亭亭碧茎托红蕊，烈日之下迎风摆。
蓝天月下举目看，芙蓉家族情满怀。
待到一夜秋风起，吹散凌波影不再。

思乡不忘慈母恩

人到晚年思乡切，常想家中老房舍。
母亲生我天寒冷，霜冻遍地白如雪。
慈母当我娇儿待，精心抚养上大学。
如今业就退休养，不忘吟唱感恩歌。

登燕子矶观长江

燕矶头上看长江，白浪滔滔东流淌。
三面临水奇峰险，惊涛拍岸卷巨浪。
日暮黄昏夕阳壁，隔江游人岑目赏。
皓月当空攀绝顶，澄江如练波苍茫。
乾隆登临题矶名，文人骚客留诗章。
万里江水千古流，燕子瞰江水浩荡。

游西湖

一生三次游西湖，记忆美景久长留。
『文革』串联游西湖，灵隐寺里去拜佛。
记者采访游西湖，苏堤春晓看杨柳。
家人陪伴游西湖，十里荷花映山丘。
游船登临湖心亭，烟雨断桥情悠悠。
西子湖畔龙井茶，茗香醉倒难糊涂。
湖边酒楼东坡肉，天堂美食享全球。

水漫金山

入伏之后雨连天，江南江北下不完。
两湖水涨冲堤防，圩区溃堤淹房田。
皖北淮河王家堤，开闸蓄水避峰险。
撤离家园强忍泪，顾全大局防洪患。
回头再看苏皖浙，大水不断冲江岸。
太湖巢湖水茫茫，水漫金山今再现。
秦淮河水过两堤，城外遍地水漫漫。
淹没道路浸高楼，洪水深深可摆船。

游览京城名胜

三十年前游燕京，名胜古迹遍京城。
皇家御苑颐和园，长廊御道通佳境。
居庸关隘八达岭，堪称天堑卫都城。
山峦蜿蜒城万里，威震天下扬美名。
明朝迁都造皇宫，紫禁皇城撼乾坤。
天安门前闪光灯，万千游人留倩影。

八一聚会感怀（一）

不负石芹盛情，酒香涌起诗兴。
本想吟诵一首，只是缺少一人。

注：好友张立则因病缺席。

八一聚会感怀（二）

八一久雨初霁，翠岛花城相聚。
石芹美酒意浓，老友久别畅叙。

贺净之双喜盈门

净之二子结良缘，合家同游西湖畔。
绿杨白堤留倩影，并蒂芙蓉迎笑脸。

读钱子答谢诗感怀

钱子有兴入群来，老友欢声笑颜开。
不求千里雁南飞，但愿佳音传秦淮。

绿野

初秋时节长稻禾，拔节抽穗日光多。
日暮田蛙鸣一片，杨柳枝杈喜鹊窝。
半塘菱藕满池鱼，田园瓜果农家乐。
绿色原野秋光美，朝霞满天映山河。

迎秋风

出伏之后风转向，东北风吹天凉爽。
常有夜雨伴秋风，一梦沉睡到天亮。
老燕育出雏燕飞，携子寻栖飘南洋。
树上寒蝉鸣悲泣，秋来萧风吹叶黄。

游天平山庄

范公祖居天平山，
乾隆御赐高义园。
入门眼前三汪水，
过径山下红满天。
依山临水古屋在，
庙堂廊榭坐其间。
为官清廉范文公，
忧国爱民天下先。

注：范仲淹在《岳阳楼记》中有名句『先天下之忧而忧，后天下之乐而乐』。

无题（五）

西北冷风阵阵吹，梧桐黄叶漫天飞。
落到路面聚成堆，清工一年累几回。

游盱眙天泉湖

山间溪流汇成湖，群山环抱嵌幽谷。
浅滩沙汀栖候鸟，水草繁茂养肥鱼。
河汊芦荡飘白絮，风吹湖岸柳轻拂。
四季分明宜人居，临水山庄多高楼。

聚会草场门

满目秋色草场门，遍地菊花迎客人。
宝重邀友斟美酒，香飘万里情意深。
五十年前偶相会，聚散离合风雨情。
如今往来常相聚，一路潇洒度余生。

南京的晚秋

叠翠流金染金陵，五彩斑斓映城林。
寒霜解落三秋叶，北风吹来雁南行。
六合水上红杉树，钟山苍黄似紫金。
聚焦东郊多秋色，红叶栖霞山幽境。
江南江北皆风景，晚秋时节诗意情。

无题（六）

中华路上桐叶黄，潇潇洒洒秋遮窗。
朦胧灯光似梦幻，车水马龙日夜忙。

一条长江路半部南京史

六朝古都中心线，明清府衙已不见。
唯有民国总统府，历经沧桑今雄现。
江宁织造汉府街，历史遗存闪光点。
梅园新村毗卢寺，参拜游客仍不断。
南京一条长江路，几度兴衰却灿烂。

从下马坊兴衰，看大明王朝覆灭

明时孝陵南大门，设立皇家下马坊。
伟岸牌坊瞭望塔，配置驻足拴马桩。
孝陵卫队数千人，守护皇陵严设防。
今看塔倒坊破残，埋没荒林隐凄凉。
一统江山黄粱梦，亦随江水东流淌。

东西南北各春秋

江南秋粮已进仓，北方正在收割忙。
飞行环视千万里，各地景色不一样。
内蒙东北雪花飞，南国正在赏秋光。
天南地北花似锦，南北东西皆芬芳。

无题（七）

秋分已去晚风寒，夜卧凉簟难入眠。
时令催我添加衣，雕床薄衾须更棉。

节日白鹭洲

彩灯高挂门头上，
红绸大妈舞广场。
绿荫长廊笛悠悠，
善歌女子放声唱。
满船笑语湖中游，
水面荡起千层浪。
兴尽离园日坠西，
浮云漫天遮残阳。

革命先烈瞿秋白

奋斗一生求真理，马列思想指航程。
探寻中国革命路，冲破黑暗向光明。
向来唯实不唯神，坚信共产主义真。
危难时刻敢当担，中共早期领路人。
道路曲折长漫漫，敢与错误作斗争。
面对屠刀心坦然，刑场高歌撼敌营。
一门忠烈三兄弟，青史留名永传承。

庆双节

月圆中秋逢国庆，双喜盈门不夜天。
高举金杯邀明月，共饮美酒醉团圆。
喜庆锣鼓闹金秋，丹桂飘香丰收年。
月光如银当空照，欢乐时光舞翩跹。

常州城市森林公园

葱郁森林依三河，环境幽雅花灼灼。
水中游船俏男女，漂泊荡漾心相悦。
河边绿柳轻飘摇，芦苇荡里传情歌。
岸边沙滩有芳草，笑语盈盈送秋波。

注：三河指运河、白鹤河、童子河。

风宝斋掌门人

秋分时节逛常州，多少风物眼底收。
蟹熟菊黄摘硕果，风宝斋里才女优。
孜孜不倦闯天地，一手书画写春秋。
悠悠岁月路漫漫，艺术国里竞风流。

人杰地灵话常州

烟雨江南苏锡常，百业兴旺鱼米香。
人文荟萃数常州，多少名家闪星光。
文化百花更灿烂，馆亭阁园留古芳。
春秋淹城天宁寺，悠久历史铸辉煌。
上清宗坛茅山顶，道家烟火绕山梁。
青山秀水天湛蓝，复兴路上奔富强。

常州，又称龙城，历史悠久，文化底蕴深厚，不但是我国民族工商业发祥地之一，而且人杰地灵，名家辈出。远古英雄暂且不说，仅明末清初以来，就有『乱世佳人』陈圆圆，舞台影星周璇，著名的数学家华罗庚，画家刘海粟、陆小曼，现代作家高晓声，特别是中共早期领导人瞿秋白等，都是出自常州的名流。

吟秋雨

漫天秋雨下不停，遍地流水难出行。
雨落屋檐成帘幕，薄雾蒙蒙滚乌云。
百木萧瑟雨中摇，落叶随风飘无影。
淅沥雨声隐悲凄，寒蝉已去断哀鸣。

秋色吟

白露送残暑，金风凋碧树。
朝霞红漫天，夜雾凝玉露。
农家收瓜果，香飘万里路。
秋日天高远，蝉鸣秋叶黄。
山河披锦绣，皓月照全球。

笑谈人生

人生如戏一场梦，演绎四季景不同。
偶有浮云遮蓝天，常见明月耀碧空。
看惯风花与雪月，尝尽艰难与苦痛。
步入暮年品美酒，落霞漫天待戏终。

聚会玄武湖

烟雨淅沥雾蒙蒙，
玄武长堤柳荫荫。
湖中荷花已凋残，
却有小荷露红影。
秋雨霏霏笼水面，
我陪夫人雨中行。

暮春

春花凋谢落田园，浓叶梧桐已蔽天。
燕子迢迢寻旧宇，蝴蝶艳艳觅菜田。
时候谷雨暮春风，冬麦拔节遍绿原。
偶有阴云雷阵阵，常逢柳岸雨绵绵。

游览园博园

劈崖修谷造林园，山水江宁改旧颜。
叠嶂层峦多荟谷，十三城景坐其间。
天渊池伴景阳楼，沧浪水映寄畅天。
微创整修摩古韵，青山绿水幸福源。

庚子之夏

庚子梅雨长绵绵，下得高温向后延。
已到八月近立秋，方见炎炎酷暑天。
农田庄稼见日长，塘中芙蓉出水艳。
日暮水边听蛙声，晚风吹掉满身汗。

腊八逢大寒

双节巧遇同一天，
时来运转拜丑年。
迎春红梅开口笑，
冲天黄牛气非凡。

团圆

大年三十年夜饭，
全家喜聚翠屏山。
除夕美酒醉春风，
浪迹天涯盼团圆。

梦回六朝灯会

正月初九艳阳天，
携手老伴逛公园。
莺啼蝶舞白鹭洲，
梦回六朝彩灯展。
灯火阑珊看夜景，
穿越时空如梦幻。

游扬州世界园艺博览会

初夏驱车枣林湾，山区旧貌换新颜。
天幕长廊引入胜，高崖流水挂九天。
绿色山川布景点，斑斓世界置水边。
青山绿水人长寿，一路逍遥度晚年。

国魂

人民痛失两国魂，驾鹤西去留胜名。
一生拼搏存浩气，万里星光照乾坤。

悼念袁隆平、吴孟超两院士

庆祝党百年华诞

金戈铁马三十年，推倒三山夺政权。
栉风沐雨七十载，摆脱贫困换新天。
回首百年长征路，披荆斩棘史无前。
我辈一生跟党走，展望前程笑开颜。

仲夏吟

进入芒种即仲夏，收镰稻秧种肥田。
嗷鸣乳燕窝中待，啼叫百劳报暑天。
菡萏尖尖出水面，螳螂静静卧枝间。
连阴湿热黄梅雨，沥沥淅淅下不完。

端午节

艾条青青插门头，粽子香香飘九州。
江湖竞技响号声，男女争渡赛龙舟。
屈原忠魂永不泯，汨罗江水万古流。
一壶浓烈雄黄酒，驱虫避邪人无忧。

秋凉

立秋时节雨绵长，一场秋雨一场凉。
昨天北窗听风雨，突感秋风送清爽。
秋雨秋风秋光美，叶绿叶肥叶枯黄。
待到中秋赏月时，蟹肥桂香粮满仓。

初秋南京

初秋少雨暑难消，午间骄阳似火烧。
唯有晨夕感秋意，不见草木枯叶飘。
天空常有乌云涌，田间难见骤雨浇。
时序白露近咫尺，炎炎暑热何时消。

中秋望月

中秋玉兔摇桂树，万家团圆思故乡。
儿时二斤红烧肉，美餐一顿全扫光。
兄弟姊妹共八人，陪着父母赏月亮。
过去时光如流水，却在中秋梦一场。

一叶知秋

清晨秦淮河边走，一片落叶便知秋。
萧风拂面知秋意，云松黄叶落水流。
白昼烈日热炎炎，黑夜金风凉悠悠。
季节更替难分晓，已近秋分夏不休。

秋收

中秋时节金灿灿，稻熟蟹肥瓜果香。
漫山树上摘硕果，遍野田间收割忙。
黄黄稻谷堆小院，累累果实销市场。
丰收喜悦盈笑脸，安居小康家国强。

秋色

神州大地映秋色，祖国山河遍地黄。
累累果实结满树，灼灼稻谷收进仓。
隆隆机声震四海，滚滚物流运八方。
产销一体致富路，安居乐业度小康。

国庆感怀

寄情黄白菊花开，烈士陵园致默哀。
没有先辈献身志，哪有国运昌四海？
六畜兴旺粮满仓，佳节观光抒情怀。
青山绿水映蓝天，幸福之花开不败。

秋思

浓情秋夜梦回乡，荒郊坟前哭断肠。
父母操劳为儿女，岁月留痕鬓如霜。
先烈流血打江山，只为民生国富强。
感恩前辈不忘本，世代传承永留芳。

重阳感怀

微风疏雨九重旋，想念前辈夜难眠。
雨顺风调祭天地，物华人秀拜祖先。
少年气盛胸高远，衰暮平和心底宽。
沧海桑田朱颜改，留下五彩在人间。

如皋行

淅沥冷雨北风寒，黄叶碧水荷花残。
晚秋游览如皋景，长寿之乡究有源。
人杰地灵风水地，道德文化世代传。
人与草木共和谐，崇尚自然得天缘。

玉竹吟

挺挺玉竹向苍穹，高风亮节有谁同。
四君子里有其位，雨打风吹却从容。

古林吟诉说群友小聚

寒风拂面炎光暖，秋色古林迎笑脸。
肝胆相照饮美酒，吟诗作赋开新篇。
缘忆群如百花园，满园春色花争妍。
萧瑟金风催人老，光彩瞬间变苍颜。

赠子法

小墅蔽绿荫，诗酒伴我生。
秦淮河岸柳，牛首寺端云。
翘首摘枇果，平生论诗文。
何时樽下醉，再叙弟兄情。

秋光

萧瑟秋风摧叶黄，晴空夜晚闪星光。
苍茫四野牛羊壮，浩渺五湖鱼米香。
南海明珠蕴宝藏，北国沃土产油粮。
秋高气爽登峰望，无限风光万里疆。

内桥怀古（二）

秦淮桥下水，
伴月千古流。
借问桥边树，
为何后主愁？

注：南唐后主李煜的一首词《虞美人》中有『问君能有几多愁？恰似一江春水向东流』。

花开花落

晨看朝阳升海面，暮观夕日坠西楼。
冬梅夏藕开复败，秋月春花似水流。

来安乡下行

冬月三十有阳光，田间旷野白茫茫。
鱼虾莲藕销市场，五谷杂粮已冬藏。
池水岸边坐垂钓，平房墙侧晒太阳。
游玩大坝挖野菜，爱唱会堂声悠扬。

桂枝香·钟山怀古

登高远望，看浩荡长江，滚滚流淌。
夫子庙前游客，熙熙攘攘。
秦淮千古流不尽，慢悠悠，少见大浪。
文学之都，贡院选秀，文才良将。
忆往昔，风流倜傥。叹南唐后主，亡国才郎。
六朝风光不再，宫倒塌墙。
改朝换代如流水，风云变幻难阻挡。
喜看今朝，东风劲吹，民富国强。

桂香扰眠

家旁桂花香满天，熏得老夫夜难眠。
窗下风响梧桐叶，欲复入睡更加难。
无奈夜阑读诗书，又恐老妻嫌我烦。
悄出卧室到书房，方看两行眠虫缠。

初冬即景

立冬一场寒风雨，送走秋月拜残菊。
林木黄叶潇潇下，候鸟寻栖纷纷去。
路上行人添夹衣，乡间野湖飘芦絮。
北国原野大雪飞，江南景观待后续。
严寒迅急如猛兽，满目风景没赏够。
栖霞红叶映九天，七彩之韵缭眼球。

玄武梁洲看菊展

杨柳依依藕叶残，
梁洲室内看菊展。
游客擦肩睹芳颜，
奇色异彩多绚烂。
拍下美照送亲人，
分享金陵菊花艳。
走出展厅观湖面，
波光粼粼水蓝蓝。

喜赴诗酒会

又逢冬令北风寒，净之诗酒暖胸间。
桑榆晚来常聚会，倾吐肺腑开心颜。
斟满情意敬老友，知己如酒醇与甜。
今获佳作集千首，慢度时光品诗篇。

送子吟

南燕北归寻春梁，送子出门泪汪汪。
盼儿经风成栋材，功成名就不忘娘。

糊涂吟

吾人生来本糊涂，
不知东郊雁雀湖。
踏遍青山无觅处，
此景唯有天上有。
红黄浓淡两相映，
最美还看湖边树。
众友不绝夸宝荣，
推出佳境吟诗赋。

小雪吟

丹桂花残尘泥香，小雪初见瓦上霜。
树高法桐黄蔽天，掩映车流焕金光。
寒潮突来骤风雨，一袭万里无阻挡。
顽童期盼雪花飘，满地嬉戏打雪狂。
暮年观雪常吟颂，丰年畜旺谷满仓。

鹧鸪天·浪漫夕阳

岁月匆匆一瞬间，两鬓如霜到晚年。
时光荏苒催人老，不怨秋风摧叶残。
云邈邈，水蓝蓝。斑斓七彩亮河山。
青春光彩虽消逝，浪漫夕阳红满天。

采桑子·咏春

春来喜雨潇潇下，
白满山川，绿遍田园。
春潮涌动江水蓝。
雨霁春色竞芳颜。
桃李争春，碧草连天。
河水清清柳如烟。

临江仙·游青岛

一面背山三面海，水青红瓦蓝天。
海湾黄岛更耀眼，十里金海滩，万顷滚波澜。
一桥飞架连三岛，长虹跨海天堑。
碧海浩渺屯重器，固守我疆土，永保我江山。

南乡子·并蒂莲花

一莛捧双花，并蒂芙蓉迎早霞。
玄武荷花开盛夏，啼蛙，白莲娇艳美如画。
两岸一中华，本是同根分两家。
统一宏图早实现，无价，犹如并蒂两朵花。

一斛珠·咏雪

梅花山上，早春迎雪绽放。
秦淮银装树变样。
万户闭门，却开窗欣赏。
昨夜金陵雪飞扬，
梧桐装成梨花香。
站在高楼抬头望，
雪霁天蓝，迎燕舞春光。

菩萨蛮·寄怀石头城

石城走马诸葛亮，联吴抗曹观天象。
草舰借东风，火烧敌阵营。
曹操北败去，鼎立三国势。
忆赤壁硝烟，怀孔明圣贤。

封城武汉，防止疫扩散。
群友次子心忧患，声援捐银五万。
面对新冠来袭，不必心忧胆寒。
科学举措防治，战胜新冠不难。

清平乐·赞义举

如梦令·雨霁阳光灿烂

雨后阳光灿烂，喜看天高云淡。
放眼望秦淮，水似镜无游船。
不玩，不玩。抗肺炎防传染。

蝶恋花·游惠济寺感怀

冬季来时秋未尽，
江浦山川，一片七彩景。
千载禅寺古银杏，
根深叶茂枝繁盛。
高耸云端齐宇宙，
风雨雷电，面对无所惧。
人过百年不容易，
历经沧海立天地。

清平乐·游吴中天平山

南国冬暖，
斑斓太湖岸。
山下枫叶红艳艳，
赏枫游人一片。
山涧流淌清泉，
滋养万木纷繁。
仰望山峦峰险，
醉了千古圣贤。

诉衷情·忆往昔

夜深举首看星光，只见雁成行。
天涯游子在外，日久想家乡。
回首望，意飞扬。
少年强，求知增智，寻找未来，一路跟党。

蝶恋花·深秋思念

浓意深秋风细细。
昨夜无眠，下起绵绵雨。
流浪天涯如柳絮，
夜阑幽梦漂泊去。
越过千山无险阻。
玉兔当空，照我回旧寓。
意想深秋回故土，
泪洒荒墓哭父母。

一斛珠·望乡祭祖

站在高处，遥望家乡日已暮。
厅堂设案燃香烛。
祭拜祈祖，抗疫路途阻。
少小离家六十许，
常在梦中忆父母。
待到重阳赏秋菊，
携家老小，洒泪跪陵墓。

念奴娇·英雄武汉

雄居荆楚，汇三江，九省通衢武汉。
新冠肆虐，何所惧，万众齐支援。
辛亥风云，战疫重点，几度历风险。
红旗不倒，涌现多少好汉。
面对泛滥疫情，一城封禁，防病毒扩散。
顾大局难能可贵，彰显无私奉献。
华夏儿女，临危不惧，敢于担风险。
生死关头，披忠心沥肝胆。

水调歌头·赏花

看菡萏妖艳，却是水上花。
万国博览择秀，牡丹醉中华。
目睹百花千朵，走遍神州华夏，日暮看昙花。
回首看天下，装点万千家。
赴北国，跨四海，走天涯。
奇花异草，芙蓉国里比芳华。
雨露滋润花草，娇颜源于本性，谁来断尤佳？
落月已西斜，醉眼看梅花。

鹧鸪天·暮春

四月梨花遍地开，犹如羊群满山川。
河边燕子啄春泥，湖岸莺啼柳如烟。
日暮雨，下麦田，彩蝶飞进菜花间。
赏尽春景抬头看，出游谨防新肺炎。

浪淘沙令·庆丰收

秋雨后初晴，风细少云。
月明鸿雁叫不停。
正是黄菊开遍地，秋景宜人。
田野黄灿灿，笑脸盈盈。
年年都是好收成。
党的政策扶持，一派繁荣。

浣溪沙·感恩

子嗣源于父母生，恩情堪比泰山重。羔羊跪乳见真情。困境相助情意浓，逆水推舟胜亲人。涌泉相报点滴恩。

山色云霭，一汪碧水藏林海。
水清湖静，常有泳者来。
湖东水浅产蛙仔，蝌蚪摇尾惹人爱。
常有学生观生态，名师指点，青蛙育后代。

一斛珠·紫霞湖

清平乐·端午悼屈原

重午纪念，汨罗彻骨寒。
悲壮投水惊楚汉，百姓每年祭奠。
轻信谗言诬陷，流放汉水湘沅。
国破家亡无路，屈原殉难升天。

西江月·登慕田峪长城

峰耸淡烟云海，植被覆盖青山。
沿着曲径登蓝天，山顶城楼流汗。
历来长城天堑，阻挡外患入关。
如今天堑变景观，游子登临赞叹！

菩萨蛮·游澳门

澳门半岛临南海，世界赌城游乐园。
归来二十年，岛民心里甜。
豪华博弈场，奉劝莫久恋。
风雨大三巴，濠江一景观。

浣溪沙·游大报恩寺感怀

阿育王塔耸云端，
历经沧桑已千年。
佛教南朝兴寺庙。
遍江南。
佛祖眼观尘世乱，
留下遗址上西天。
如今中兴怀远见。
建公园！

西江月·吟白露

白露金风送爽，中秋丹桂菊黄。
晨风细细拂垂杨，玉露莹落叶上。
萧瑟万物枯萎，百谷成熟进仓。
天高云淡水茫茫，万里长江浩荡。

鹧鸪天·立冬时节

冬来风吹天转凉，难觅候鸟巢里藏。
昨天风寒更棉被，一夜酣睡见曙光。
顺时序，换冬装。寒潮袭来又何妨？
人生一世多应变，笑对冷暖保健康！

永遇乐·庆元旦

岁月匆匆，瞬间迎来，新年元旦。
发展农业，扶贫致富，旧貌展新颜。
高新科技，远程导弹，奔月嫦娥浪漫。
小芯片，群雄克难，抢占世界高点。
强军备战，严防敌犯，陆海空军强悍。
5G高科，全民共享，交往更方便。
百业兴旺，国强民富，一派繁华昌盛。
向前看，我党领导，复兴有望。

天净沙·游船

春来无事休闲，
陪着老伴游船，
河岸梅花灿烂。
笑声不断，
和着波浪渐远。

天净沙·莫愁湖

晚秋风吹叶黄，
塘边丹桂飘香，
湖水碧波荡漾。
莫愁迎候，
八方游客来玩。

临江仙·铁山寺森林公园

盱眙山丘林壑秀，
遍地绿树丛林。
水杉树下慢步行。
举头观古寺，日暮似仙境。
鸟鹊寻巢齐啼闹，
落霞驱车归程。
翠山绿水树幽静，
景色留恋处，离去满别情。

卜算子·围城战瘟神

今年春来早，新冠来骚扰。
二月春风寒料峭，街上行人少。
防控阻击战，领导发号召。
城门烽火照天烧，不让瘟神逃！

临江仙·游中山植物园

草树花木山绚烂，
历经春夏秋冬。
院内千万种不同，
山南观景树，水岸红杉松。
草树珍稀随处见，
晚秋悦目红枫。
水边热带雨林宫，
看百花吐艳，赏异草争荣。

临江仙·烟雨江南

座座青山杨柳岸，莺啼绿树河边。
水田如网布江南。茶桑绿遍野，桃李果满园。
自古人文多荟萃。名著诗画流传。
戏曲文化传千年，梁祝化彩蝶，凄美在人间？

浣溪沙·景观四季

春雨绵绵润百花，夏荷灼灼艳其华。
杨柳依依垂丝挂。秋月当空明四海，
冬雪覆盖万千家。西山日暮映落霞。

临江仙·游厦门感怀

海水蓝蓝围鹭岛，海风，椰树，沙滩。
日光岩上望台湾，茫茫隔两岸，统一在何年？
血脉相承兄弟情，走亲访友频繁。
但求破浪在明天，国旗插宝岛，实现国人愿。

注：厦门又名鹭岛。

青玉案·两种制度两重天

优越制度防新冠，一声令，齐呼唤。
中华民族共患难。一方有难，八方支援。风展红旗卷。
帝国确诊千百万，一市日死已逾千。
面对肆虐新肺炎，政府无策，任其泛滥。丢了大国脸。

青玉案·全球疫情蔓延，市场萧条

繁华市场今萧条。大马路，人稀少。
街上行人戴口罩，凄风冷雨，无人欢笑。
一片静悄悄。
飞鸟走兽齐欢闹，野豹寻食下山找，
鸵鸟健步路上跑。罗马广场，空旷寂寥。
不见游人到。

西江月·秋热

白昼骄阳似火，行人路上匆忙。
无风秋暑更猖狂，绿树遮阴流汗。
庚子不同以往，秋热向后延长。
打破节序异平常，不见秋风送爽。

鹊桥仙·人间重晚情

时光飞逝，人生易老，芳颜青春短暂。
时空不待满霜鬓。凭栏望，晚霞灿烂。
寄情山水，赏花观景，敬畏生命自然。
一生相伴到晚年，酸甜苦辣皆尝遍。

青玉案·往事不堪回顾

山沟办校今回顾。搞社教、走新路。部长心里花千树。劳动大学，为农服务，终于成朝露。

风暴来时乱无度，学子弃学陷迷雾，解散教职下放去。军令难违，五七干校，一斧砍学府。

南乡子·赏樱花

春来赏樱花，芳草溪边有人家。
河上飘来双紫燕，喳喳。
慢度春光日西斜。
防患久闭门，只盼春风吹万家。
却见黄莺寻蜜蕊，哈哈。
明媚春色来赏花。

蝶恋花·游木渎古镇感怀

水巷小桥杨柳树，
木渎古镇，铺就青石路。
康乾南巡察盛世，
水乡古镇多光顾。
大好江山寻幸趣，
赏月观花，品酒吟诗赋。
山水江南今更好，
大清皇帝埋尘土。

定风波·人生何处不留痕

明月当空照万楼，晚年一路尽风流。
常与友人畅共饮，微醉，笑谈往昔乐悠悠。
迟暮之年昂首走，玩叟。青山绿水眼底收。
人走红尘留痕迹，不惧。光明磊落度春秋。

蝶恋花·咏秋菊

户外野菊生沟岸，散乱生长，少有人观看。
庭院栽培花灿烂，众人欣赏皆夸赞。
深秋萧瑟百花残，却见寒菊，迎霜花璀璨。
花萎抱香非零散，抱团死去难得见。

临江仙·北风吟

昨夜朔风凋残叶，梧桐丰润不见。
秋色已去入冬天。雁飞南栖地，田鼠地穴眠。
北国遍地冰雪景，江南一片斑斓。
北风冷冽雪花飘，看银装素裹，赏腊月梅颜。

浪淘沙·寄怀桃叶渡

风雨历秦淮，绿柳如烟。昔时古渡竞灯船。
才子献之接归妾，千古流传。
爱意感秦淮，情满人间。晋时碑亭立河边。
画舫游船今尚在，换了新天。

鹧鸪天·游琅琊山感怀

拄杖攀山向何方？斑斓秋色映山岗。
东坡手书欧阳赋，千古传承读华章。
抬望眼，泉流淌。名亭古寺卧山梁。
琅琊幽境林壑秀，身在亭前照斜阳。

卜算子·咏秦淮明月

漫步文德桥，孔庙红灯照。
河水清清明月光，画舫河中俏。
广场舞翩跹，结伴红妆跳。
人似潮流月如水，晚景更美好！

江城子·初冬玄武湖

北风扑面乍觉寒，望钟山，水沧澜。
滚浪翻波，湖面菡叶残。
万里晴空光灿烂，寻胜景，看山川。
堤边杨柳顺风扬，红点点，枯一片。
落叶飞天，飘向水中央。
湖岸城墙回首望，华夏秀，祖国强。

西江月·秦淮人家

朗月皎洁普照，秦淮河水长流。
春来烟雨鹧鸪啼，风摆河边绿柳。
常看风花雪月，赏玩水中鱼游。
天蓝水润好风光，乐享延年益寿。

临江仙·谷里聚会感言

四月谷里芳华地，桃花不见争妍。
柿果瘦小挂枝间，历经风雨电，秋后黄果甜。
春光盛筵聚好友，举杯畅叙从前。
时光不待皱苍颜，叹娇艳已去，残月却斑斓。

蝶恋花·有感扬州世博园

千古扬州花灿烂，七彩世界，杨柳垂湖岸。
绿水青竹熊猫馆，游人如织隔栏看。
海外多国园艺展，光彩繁华，星闪更璀璨。
山水扬州运河傍，林园美景花争艳。

天净沙·老家

芦苇汪塘荷花，鸡鸣犬吠水鸭。
小路曲折通达。
日暮晚霞，炊烟袅袅人家。

长相思·乡愁

车一程，步一程。
赶往家乡祭仙陵，一片肺腑心。
雨一阵，风一阵。
柳条依依杨蔽荫，舍宅无染尘。